discours lamentable

sur l'attentat et le parricide

commis en la perfonne de Henry IIII

1 6 1 0

DISCOVRS

LAMENTABLE,

*Sur l'attentat & parricide commis en
la personne de tres-heureuse memoire Henry IIII. Roy de France
& de Nauarre.*

A PARIS

Par FRANÇOIS HVBY, ruë sainct
Iacques au soufflet vert deuant le
College de Marmoutier.

M. DC. X.

Auec permission.

DISCOVRS
LAMENTABLE.

E n'eſt pas le propre des grandes douleurs de parler beaucoup, Les larmes & les ſouſpirs ſont volontiers les ſeules parolles que nous prononçons au plus cuiſant d'vne violente affliction. C'eſt ce qui me fait tracer icy en peu de lágage ce que le dueil & la calamité publique me ſouffrēt de repreſenter auiourd'huy à la France. Sçache dõc & en pleure à iamais la poſterité que Vēdredy dernier 14. May, qui fut le lendemain du Sacre & Couronnement de la Royne, noſtre grand Henry de tres-heureuſe memoire, Roy de France & de Nauarre eſtoit à

Paris, où desirant sur les trois heures
apres midy de s'aller promener dans
son Arcenal, se mist en carrosse & comme Prince qui viuoit sans crainte ny
soupçon au milieu de ses peuples, s'en
alla par la ville accompagné de quel-
que Noblesse de sa Cour, sans vouloir
prendre pour plus grande asseurance
aucun Archer ny exempt de gardes de
son corps: Mais le malheur ou plustost
nos pechez porterent qu'vn maudit
& execrable Assasin nommé François
Rauaillart natif d'Angoulesme, ap-
procha de sa personne non guere
loing de sainct Innocent, où voyant le
carrosse arresté pour l'embaras d'vne
charrette qui luy venoit au rencontre,
il s'eslança vn long couteau à la main
sur ce bon Roy, lequel il blessa de deux
coups au costé gauche. Le premier fut
donné vers l'espaule, & ne penetra
point auant, ains trencha seulement la
peau. Le second fut mortel, & fut donné dans la veine interieure vers l'oreil-

le du cœur, entre la cinquiefme & fixiefme cofte de haut en bas, & penetra iufqu'à la veine caue qui s'eft trouuee entamee, & là finit la poincte du couteau. De forte que ce Prince fe fentant bleffé à mort, & perdant tout à coup la parolle pour la grande abondance du fang qui luy fortoit de labouche, on reprint foudain le chemin du Louure, ou il ne fut pas fi toft arriué qu'il rendit l'ame à Dieu, tefmoignant des yeux & des mains qu'il efleuoit en haut, qu'il mouroit vray Chreftien & bon Catholique. Ce fut Monfieur l'Archeuefque d'Ambrun qui le feruit & exhorta en cefte derniere action.

N'eft ce pas maintenant vn fonge de voir que la France foit vne feconde Affrique qui engendre de tels monftres? Quelle honte fait ce fiecle à celuy de nos ayeuls? Quel defaftre qu'il faille qu'vn Roy de France n'ait peu euiter la rage & fureur du bras parricide d'vn sien propre subiet ? Malheureux ! tu nous as rauy ce grand Prince, que nous pleurons à chaudes larmes, & la perte duquel nous est vrayement sensible. Tu pensois bien neantmoins en ton damnable dessein de nous abysmer tous en vn gouffre de misere & de desolation : Mais Dieu par sa bonté a veillé pour nous, & a disposé les cœurs & les affections des François tout autrement que tu ne t'imaginois en la phrenesie du conseil infernal que Sathan t'auoit suggeré. L'obscure prison où tu es iustement renfermé, & où l'on t'appreste & inuéte de nouueaux supplices pour chastier ton forfait, ne t'a peu faire voir comme apres ton maudit coup, toutes choses sont demeurees fermes & constantes en la mesme tranquilité qu'elles estoient auparauant. C'est à Dieu seul que nous en deuons la grace & le remerciement, sans en dénier pourtant la gloire aux instruments dont il a dai-

gné fe feruir. Car Meſſieurs les Offi-
ciers de la Couronne, ce celebre Parle-
ment, & les autres Magiſtrats de ceſte
ville de Paris ont tous vnanimement
& d'vn commun accord fecouru & af-
feuré l'eſtat, fans qu'il y ait eu la moin-
dre apparence d'eſmotion & de defo-
beiſſance parmy tout ce grand peuple.
Douceur & modeſtie qui rend les Pa-
riſiés loüables, & qui fert auiourd'huy
d'exemple à toutes les Prouinces du
Royaume.

Tu n'as di-ie peu voir comme dans
la meſme heure de ton horrible attentat, toute la Nobleſſe accouroit au Louure, s'y venant offrir & proteſter de fa
fidelité. Tu ne vois non plus qu'apres
nous auoir oſté le pere, le fils nous eſt
demeuré pour remplir fa place. Ieune
eſt il, mais fortifié des fages aduis de
ceſte grande Princeſſe la Royne fa
mere, laquelle dans les eſpraintes de
fon affliction, a voulu encores penſer

au bien du public, & daigner pour no-
ftre confolation accepter la regence
& gouuernement du Royaume aux
yeux des Princes, des Pairs, du Con-
neftable, du Chancelier, des Cardi-
naux, des Marefchaux de France, & autres Grands de l'Eftat, tous affemblez
en corps dans la grande châbre du Pa-
lais, où authorifez de Meffieurs de la
Cour de Parlemét, ce legitime fuccef-
feur feant en fon Throfne, fut folénel-
lement recogneu & proclamé Roy de
France le 15. May. Bref ce ieune Prince
eft fi dignement nourry en l'amour &
crainte de Dieu, auec toutes les autres
vertus qui feruent d'ornement à vn
grand Roy, que marchant fur les pas
du feu Roy fon Pere, il cherira la reli-
gion, il aimera la Iuftice, il fera genereux, clement, affable, gracieux, &
comme vn beau Soleil qui luira fur la
France, toutes chofes fleuriront foubs
fon Sceptre, fes peuples le beniront, &
auront

auront eternellement les yeux dreſſez
au Ciel pour prier Dieu qu'il leur con-
ſerue.

Ainſi voyons nous maintenant ce
Prince heureuſement eſtably & auec
l'amour des ſiens, ſi bien ſouſtenu d'ar-
mes, de force & de Conſeil, qu'en
vain ozeroit on le heurter, ſans en
receuoir le chaſtiment. Or puiſque
l'entrée de ſon regne eſt benie & ſe-
condee des faueurs du Ciel, n'irritons
point l'ire de Dieu par nos mauuais
deportemens. Faiſons qu'entre tous
les François il n'y ait que ce ſeul Aſſa-
ſin deteſté, & en horreur parmy les
nations eſtrangeres. Souuenons nous
qu'il n'y a rien qui eſleue les tempe-
ſtes & orages ſur la mer que les vents
contraires, qu'auſſi dans les Eſtats il
n'y a rien qui en trouble le repos que
la deſvnion. Si ce n'eſt noſtre iuge-
ment ou capacité qui nous inſtruiſe,
que la ſeule eſcole de la nature le face:

Confiderons qu'en vn corps humain,
il y a vn chef, & fous ce chef des par-
ties nobles, & que le membre qui eft
deftiné à vn feruice, n'entreprend
fur celuy qui exerce vne autre fun-
ctió. En fin les iambes ne veulent eftre
ce que font les bras, ny les poulmons
ce qu'eft le cœur. De mefme en vn
eftat bien ordonné, l'vn y eft recog-
gneu pour chef qui anime tous les autres membres, & lefquels n'agif-
fent ny n'ont mouuement que foubs
fon authorité. Si bien que chacun
s'aquitant de fon deuoir par vne bon-
ne vnion & intelligence, les Royau-
mes fe conferuent, & de petits fe font
grands : comme au contraire par la
defvnion & peu de correfpódance de
grands & fleuriffants ils fe ruïnent &
fe mettent en poudre.

Souuenez vous François, qu'il y a
plus de douze cens ans que la Royau-
té de France eft reuerée pour vne des

plus grandes monarchies du monde.
Gardez que la posterité ne nous face
iamais ce reproche, que la rüine en ad-
uienne de nostre siecle, & que nous
ayons demoly par nostre rage ce que
nos deuanciers nous ont acquis par
leur prudence & valeur. Et si l'inte-
rest du public ne nous touche, qu'au
moins chacun de nous en particulier
aprehende le sien. Nous sommes tous
embarquez dans vn mesme vaisseau.
S'il se debrise, se sera miracle si quel-
qu'vn en eschappe. Nous sommes tous
dans vne mesme maison, si elle tombe
nous nous trouuerons tous accablez
sous ses ruïnes : N'oublions point
que nous sômes encores tous moüil-
lez du naufrage, & que nous sommes
depuis peu d'annees sortis des guerres
ciuiles dont la desolation ne va iamais
seule, ains est tousiours accompagnee
de peste, de famine, & de toutes autres
sortes de calamitez, comme est la perte

de nos biens & fortunes, la prison de
nos corps, les rançons, le sac & em-
brazement de nos villes, le rauisse-
ment de l'honneur & pudicité de nos
filles, & les morts sanglantes de nos
enfants. Sçachons que l'experience
est la maistresse des fols. N'attendons
point à nous repentir du mal, apres en
auoir senty les angoisses par nostre im-
prudence. Nous sommes au iour-
d'huy en paix, conseruons nous y a-
uec l'ayde de Dieu : Ne ressemblons
point aux sorciers & magiciens, qui
font plouuoir & tonner par leurs
charmes contre l'ordre de nature. Les
malheurs & infortunes n'arriuent que
trop tost, sans que nous les prouo-
quions & allions comme à leur rencontre.

Vous Grands qui auez les charges &
gouuernemens du Royaume, n'ayez,
au nom de Dieu, autre object deuant
les yeux que le bié du seruice du Roy,

Fuyez ſur tout la deſ-vnion qui mau-
uaiſe conſeilliere en cuidant ruiner au-
truy ſe deſole ſoy meſme. Croyez que
la grandeur de l'eſtat eſt la voſtre, ſon
repos voſtre tranquillité, & ſon eſta-
bliſſement la baze & le ſouſtien de
vos maiſons. N'eſtudiez qu'à qui vain-
cra ſon compagnon, à mieux & plus
fidellement ſeruir ſa patrie. Ce n'eſt
que le propre des ames foibles de s'a-
charner à l'enuie, à la rancune, & à la
diſſimulation. Portez tous le cœur ſur
le front. Aymez vous tous pour eſtre
à vn meſme Maiſtre, ce ſera voſtre
bien, car ne doutez point qu'en ma-
tiere d'eſtat il n'y ait touſiours plus de
bõs que de mauuais, & iamais n'a t'on
veu mutin ny factieux qui n'ayt en fin
ployé ſoubz l'authorité de ſon Souue-
rain. Vous auez auiourd'huy vn Roy
redoutable, & pour la garde duquel
l'œil de la prouidence diuine veillera
tellement qu'encores qu'il ſoit en bas

aage, il ne se fera pas moins craindre & obeyr par tout son Royaume. Les Edicts du feu Roy son predecesseur seront obseruez comme les siens propres. Vous l'aurez pour pere commun de ses peuples. On dict qu'Alexandre ne faisoit distinction du Grec au Barbare que par la seule vertu, sans s'arrester à la difference de l'habit. Aussi le Roy iugera des bons ou des mauuais François à la seule marque de l'obeyssance & fidelité. Chacun aura part à ses bonnes graces selon qu'il s'en rendra digne par son seruice.

De sorte que toutes choses estant ainsi fermement establies au dedans du Royaume, nous n'aurons rien à craindre pour le dehors. Le Roy est en paix auec les Princes ses voisins, & m'asseure qu'il n'y a nul d'eux qui ne soit si bon & genereux qu'il ne deplore le sinistre accident arriué au feu

Roy, & que quand bien auant la mort
de ce Prince, il auroit eu moyen ou
deſſein de nuire à la France, il ne con-
uertiſſe maintenant ſa hayne en amour
touché de la ſeule commiſeration d'vn
tel deſaſtre. Et ſi nous pouuons eſpe-
rer ceſt attendriſſement de cœur des
Princes eſtrangers, que deurions nous
attendre de ceux que la nature a faict
naiſtre François ? Dieu par ſa miſeri-
corde inſpire donc tant de graces à la
France, que ne defaillant de conſeil,
de vray & legitime commandement,
nous ſoyons auſſi portez à l'obeyſſan-
ce & ſubmiſſion que tous bons &
loyaux ſubjects doiuent à leur Roy.

PELLETIER.